和风绘

女生徒

[日]太宰治 著　　程亮 译

中国出版集团　　现代出版社

图书在版编目（CIP）数据

和风绘. 女生徒 / (日) 太宰治著 ; 程亮译. —— 北京 : 现代出版社, 2023.1
ISBN 978-7-5143-9998-1

Ⅰ. ①和… Ⅱ. ①太… ②程… Ⅲ. ①短篇小说 – 小说集 – 日本 – 现代 Ⅳ. ①I313.45

中国版本图书馆CIP数据核字(2022)第205201号

和风绘·女生徒

作　　者：[日] 太宰治
译　　者：程　亮
责任编辑：申　晶
出版发行：现代出版社
地　　址：北京市安定门外安华里504号
邮政编码：100011
电　　话：010-64267325 64245264（兼传真）
网　　址：www.1980xd.com
印　　刷：北京飞帆印刷有限公司
开　　本：710mm x 1000mm　1/20
印　　张：4.5
字　　数：25千字
版　　次：2023年1月第1版　　2023年1月第1次印刷
书　　号：ISBN 978-7-5143-9998-1
定　　价：55.00元

早晨醒来时的心情很有趣。就像捉迷藏时，躲在黑暗的壁橱里，蹲着一动不动，突然被大脑门儿"哗啦"一声拉开柜门，阳光一拥而入，又听见大脑门儿高喊"找到啦"，先是感觉晃眼，然后，没料到这么倒霉，再然后，心怦怦直跳，合上和服前襟，有点难为情地从壁橱里出来，突然恼羞成怒。不，不对，也不是那种感觉，应该是更难以忍受的才对。

　　就像打开一个盒子，里头又有一个小盒子，打开那个小盒子，里头又有一个更小的盒子，把它打开，又有一个比它更小的盒子，再把这个盒子打开，里头又有一个盒子，就这么接连打开七八个，最后，终于开出一个骰子大的小盒子，把它轻轻地打开一看，什么也没有，空空如也。那种感觉，有点接近。

说什么一下子就清醒过来，都是骗人的。初时就像混浊的溶液，过了一会儿，淀粉渐渐下沉，上方一点点地变得澄清，最后终于累了，才会清醒过来。早晨，总觉得是扫兴的，有许许多多悲伤的事涌上心头，让人难以忍受。不要，不要。早晨的我最丑。两条腿筋疲力尽，这么一来，就什么都不想做了。可能是我没睡好的缘故吧！说什么早晨是健康的，都是骗人的。早晨是灰色的，一成不变，最是虚无。在早晨的被窝里，我总是特别厌世。真讨厌。尽是种种丑陋的后悔，一拥而上，化作块垒堵在心头，憋得我受不了，身子疯狂地扭来扭去。

　　早晨，真是坏心眼。"父亲。"我小声呼唤。

　　莫名地感到羞喜交加，爬起来，三下五除二叠好被褥。抱起被褥时，吭喝出一声"嗨哟"，吓了一跳。我此前从未想过，自己竟是一个会说出"嗨哟"这种粗鄙之语的女人。"嗨哟"什么的，像是奶奶辈才会喊的号子，令人生厌。怎会发出这样的吆喝声呢？仿佛我身体里住着一个老婆子似的，很不舒服。今后得注意了。就好像见别人步态粗俗，便蹙眉不喜，却突然发现自己也是那样走路的，实在太沮丧了。

早晨总是没自信。穿着睡衣坐在梳妆台前，不戴眼镜一照镜子，脸有点模糊，氤氲瞧不分明。脸上最让我讨厌的就是眼镜，不过，眼镜也有别人不了解的好处。我喜欢摘下眼镜，眺望远方，一切都变得模糊，如梦似幻，又像西洋镜，美妙极了。肮脏的东西，一点也看不见，唯有大的东西，唯有鲜明、强烈的色和光映入眼帘。

我还喜欢摘下眼镜看人。对方的脸，看起来全是温柔美丽的笑脸。而且，不戴眼镜时，绝不想跟人吵架，也不想说人坏话，只会沉默、发呆。一想到那个时候的我，在别人眼里大概也是个老好人，我就一下子觉得更安心了，想撒娇，心也变得格外温柔。

不过，眼镜还是很讨厌。一戴上眼镜，就觉得脸不再是脸了。自脸而生的种种情绪——浪漫、美好、激烈、软弱、稚嫩、哀愁，都被眼镜遮住了。而且，"以目传情"也做不到了，甚至变得可笑。

眼镜，真是个"妖怪"。

许是一向讨厌眼镜的缘故，我觉得有双美目是最好的了。就算没有鼻子，就算嘴被遮住，只要眼睛是那种让自己一看就觉得必须活得更美好才行的眼睛，我就可以心满意足。然而我的眼睛只是大，没什么用。若一直盯着自己的眼睛看，会很失望。连妈妈也说，这是一双无趣的眼睛。这样的眼睛该叫目无神光吧！

一想到眼睛像煤球，就很失望。就是因为这个嘛，太要命了。每次照镜子，我都渴盼它们变成水灵灵的美目。碧湖般的眼睛，仿佛正躺在青草地上仰望天空的眼睛，不时有云朵飘过倒映其中，连鸟儿的身影也清清楚楚。想见一见许多眼睛漂亮的人。

从今早起便是五月了，这么一想，就有点喜不自禁。还是开心的。觉得夏天也快到了。来到庭院里，草莓花映入眼帘。父亲已故这一事实，变得不可思议。死了，不在了，这是很难理解的事。真纳闷。我怀念姐姐、已别的人、久违的人们。早晨，总是容易勾起无聊的回忆，让那些往事和故人们，带着腌萝卜一样的臭味，挤到身边来了。

　　佳比和小可（因为是条可怜的狗，所以叫它小可）这两条狗，你追我赶地奔了过来。让两条狗在我面前并排站好，我只全力宠爱佳比，佳比那洁白的毛泛着美丽的光泽。小可很脏，我很清楚，我一宠爱佳比，小可就在旁边露出要哭的表情。我也知道小可是个残废。小可总是一副悲伤的模样，我不喜欢。它实在太可怜了，叫人受不了，所以我会故意刁难它。小可看上去像野狗，不知哪天就会

被打狗队弄死。小可脚残了，怕是来不及逃。小可，你还是快点去山里吧！反正你也得不到任何人的宠爱，早点死掉算了。

不光对小可如此，我是个对人也会做坏事的孩子，会刁难、刺激别人。真是个讨厌的孩子。我在走廊上坐下，一边抚摩佳比的头，一边看着满眼的绿叶，顿觉十分丢脸，只想一屁股坐在地上。

想哭一哭。我心想，若用力屏息，让眼睛充血，也许能流点眼泪出来，便试了一下，不行。或许，我已变成没有眼泪的女人。

放弃。开始打扫房间，干着干着，突然唱起《唐人阿吉》。感觉就像环顾了一下四周，生怕被人看见似的，平时热衷于莫扎特、巴赫的我，竟下意识地唱起《唐人阿吉》，实在有趣。抱起被褥时吆喝"嗨哟"，打扫房间时唱《唐人阿吉》，连我都觉得自己已经没救了。我不安极了，担心这样下去，不知会说出多么粗俗的梦话来。然而，又总觉得可笑，便停下手里的扫帚，独自笑了起来。

穿上昨天刚缝好的新内衣，胸口绣着一朵小小的白玫瑰。穿好上衣，这个刺绣就看不见了，谁也不知道。我很得意。

母亲不知为谁说媒拼死拼活，一大早就出门了。从我儿时起，母亲就为别人的事尽心尽力，我早已习惯，却不料母亲竟始终那么活跃，甚至到了惊人的程度，真佩服她。父亲只顾学习，母亲还得承担起父亲的那一份责任。父亲疏于社交，母亲却组织起一群性格确实很好的人。两人虽有不同，但似乎是相互尊敬的，应该称得上没有丑陋、美好安乐的夫妇吧！

啊，狂妄，狂妄。

酱汤热好之前，我一直坐在厨房门口，怔怔地看着前方的杂树林。看着看着，我就觉得，无论过去还是未来，我都曾经或将会像这

样坐在厨房门口，以同样的姿势思考着同样的事，看着前方的杂树林。这感觉很奇怪，仿佛一瞬间能同时感受到过去、现在、未来。

这种事经常发生。比如，和别人坐在房间里说话，视线落向桌子一角，便突然停住不动了，只有嘴巴在动。这种时候，会产生奇怪的错觉，使我相信，昔年某日自己曾在同样的状态下，也是一边说着同样的话一边看着桌子一角的，而且，同样的事今后也将原封不动地降临在自己头上。

再比如，无论走在多么遥远的乡间小路上，我都会想，这条路以前肯定走过，边走边一把拽下路边的豆叶；我也会想，在这条路的这个位置，我曾拽下这片叶子。而且我相信，今后，我还将无数

次地走在这条路上，在这个位置拽下豆叶。此外，还有这样的事：有一次我泡热水澡，无意中看了看自己的手，然后就想，若干年后泡热水澡时，我一定还会看着自己的手，想起此刻也曾无意中看了看手并心有所感。

这么一想，就觉得有点沮丧。还有，一天傍晚，我正把米饭倒进饭桶时，灵感——这样说有点夸张，总之是感觉有什么东西在体内嗖的一下蹿了过去，怎么说呢，我想称之为哲学的尾巴，被那家伙击中后，脑袋和胸口的每处角落都变得透明，我顿时觉得，自己似乎一下子就能冷静地对待活下去这件事了，能做到保持沉默，悄无声息，以凉粉被挤压得一齐流出来时的柔软性，就这么随波漂流，美丽而轻松地活下去。

这个时候，根本就不是哲学的事儿了。像偷东西的猫一样悄无声息地活下去——这样的预感根本谈不上好，倒不如说是很可怕。那般心境若是永久持续下去，人岂不就变成神灵附体了吗？

终究还是因为我很闲，没有生活上的辛苦，所以当我无法处理每天多达成百上千则见闻感受而怔怔发呆时，那些家伙就会化作妖怪般的面目，接连浮现出来。

我在饭厅里独自用餐，今年第一次吃黄瓜。是黄瓜的青绿色诱来了夏天。五月的黄瓜的青绿色，有一种仿佛心里变得空荡荡的，又痛又痒一般的悲意。我独自在饭厅里用餐，就会极其想去旅行。想坐火车。看报纸，报上登了近卫先生的照片。近卫先生是个好男人吗？

我不喜欢这样的脸，额头不好看。报纸上，书的广告文是我最乐见的。或许是因为一字一行要收一两百元的广告费，所以大家都很拼命。每一字每一句，都是那些人为获得最大的效果而绞尽脑汁琢磨出来的名文。如此费钱的文章，怕是世间少有。总觉得心情很好，痛快。

吃完饭，锁好门，去上学。尽管心里觉得没关系，不会下雨，但还是无论如何都想打着昨天跟母亲要来的那把好雨伞走路，便带上了。这把遮阳伞，是母亲未出阁时用过的。找到一把有趣的伞，我有点得意。想打着这样的伞，在巴黎的老街漫步。等到当下的战争结束时，这种仿佛承载着梦想一般的老式遮阳伞一定会流行起来吧！这把伞跟博耐特式无边女帽一定很配。穿着下摆很长、领口大开的粉色和服，戴着用黑色真丝织成的长手套，大大的宽檐帽上插着美丽的紫罗兰，在深绿时节去巴黎的餐厅吃午餐。像是很忧郁似的轻轻托着腮，看着外面经过的人流，有人轻轻地拍了拍我的肩膀。突然响起音乐，是《华尔兹之玫瑰》。

啊，可笑，可笑。现实是陈旧怪异的细长柄雨伞一把。我真是悲惨又可怜。卖火柴的小女孩。算了，还是去拔拔草吧！

临出去时，拔一点家门前的草，算是为母亲做的义务劳动。今天说不定有什么好事。同样是草，为何却又如此不同呢？有的草只想拔掉，而有的草想悄悄留下。有的草可爱，有的草不然，明明外形毫无不同，有的草惹人怜爱，有的草却招人讨厌，为何会有如此明显的区别呢？没道理。

我觉得女人的好恶是相当靠不住的。做完十分钟的义务劳动后赶往车站。走在田埂上，屡次想要画画。途中，经过神社的林间小路。这是我一个人发现的捷径。走在林间小路上，无意中低头一看，就见到处都生长着一茬茬两寸来高的麦苗。看到那些绿油油的麦苗，我就知道：啊，今年也有士兵来过了。去年也来了很多士兵和马，到这处神社的树林里休整。过些时

日经过那里一看，发现麦苗像今天一样长得很快。不过，那些麦苗长到这么高就不再继续长了。今年，又有麦粒从马背上的驮桶里撒出来，长成了细弱的麦苗，但毕竟这片树林是如此阴暗，完全照不到阳光，这些麦苗恐怕只能长这么高就悲惨地死去吧！

穿出树林，在车站附近撞见四五个劳工。那些劳工像往常一样，冲我说出难以启齿的下流话，我不知如何是好。想超过那些劳工，赶快往前走，可是那样一来，就必须从劳工当中钻过去才行。好可怕。话虽如此，若是一言不发站在原地，让劳工先走，等待双方拉开足够的距离，那更需要大得多的胆量。因为那样做很失礼，劳工说不定会勃然大怒。我急得身上冒汗，都快哭出来了，又觉得险些为急哭这件事很丢人，就对那些人笑了笑。然后，我一直慢慢地跟在他们身后。当时只能那样了，但那满心的不甘直到乘上电车仍未消失。我想早日变得强大、纯粹，好能坦然面对这种无聊的事情。

电车门口就有空座，我把文具轻轻地放在那里，稍微理了理裙褶，正要坐下，却有一个戴眼镜的男人挪开我的文具坐在了座位上。

"你好，那个座位是我找到的。"听我这么说，男人只苦笑一下，便淡定地看起了报纸。仔细一想，不知道我俩谁更厚颜无耻，也许是我更厚颜无耻。

没办法，只好把遮阳伞和文具放在行李架上，我抓着吊环，像往常一样哗啦哗啦地单手翻看杂志，却意外想到了一件事。

倘若将读书这件事从我的人生中摘除出去，从未有此经历的我，怕是会泫然欲泣吧！我是如此依赖书上写的东西。读一本书就会沉迷其中，信赖，同化，共鸣，试着让生活与之靠拢。而且，一旦换读另一本书，就会立刻将注意力扭转过来。

偷来别人的东西改造成自己的东西——这种狡猾的才能，是我唯一的特长。我真的很讨厌这种狡猾的把戏。若是每天都经历反反复复的失败，活活出丑，我或许会变得稳重一些。然而，纵然对那样的失败，我似乎也会想方设法牵强附会，巧加粉饰，编造出煞有介事的理论，扬扬得意地演一出苦肉戏（这种话也曾在某本书里见过）。

我真的不知道哪个才是真正的自己。当无书可读，找不到可供模仿的范本时，我到底该怎么办？也许只会以束手无策的萎缩之态，一个劲儿地哭鼻子。无论如何，每天都这么坐在晃荡的电车里光思考可不行。身上残留着可恶的温暾，难以忍受。

我觉得必须想想办法做点什么，可如何才能清楚地把握自己呢？我觉得，对此前的我做自我批判毫无意义，批判过程中一旦发现讨厌、软弱之处，

我就会立刻沉溺其中，自怜自惜，得出不可矫枉过正的结论，因此批判是没用的。倒是什么都不琢磨，反而更有良心。

这本杂志上，也以《年轻女性的缺点》为题刊登了许多人的文章。读着读着，就觉得是在说我一样，很难为情。而且，写文章的人各有特色，平时觉得很蠢的人，说的话果然也傻乎乎的，而从照片上看感觉时髦的人，遣词造句果然也很时髦，所以我觉得很滑稽，边读边不时哧哧发笑。

宗教家，会立刻抬出信仰；教育家，始终不离"嗯"这一字眼；政治家，会提及汉诗；作家，则是装腔作势，堆砌辞藻，狂妄自大。

不过，大家写的全是相当确实的事。说年轻女性平庸肤浅，远离正确的希望和野心。亦即是说，无理想。纵有批判，也缺乏直接联系到自身生活的积极性。无反省，没有真正的自觉、自爱、自重。

即使鼓勇践行，也很难说是否能对一切结果负起责任。顺应自己周围的生活方式且善于应对，但对自身及周围的生活并不抱有正确的、强烈的热爱。没有真正意义上的谦逊。缺乏独创性。尽是模仿。欠缺人类本来的"爱"的感觉。装得很高雅，却毫无气质。除此之外，还写了很多。有许多事读过之后真的令人震惊，绝对不容否定。

不过，这里写的所有话语，都有一种乐观的感觉，仿佛偏离了这些人平日的心境，只是随便写写而已。尽管有许多"真正意义上的""本来的"之类形容词，但并未明确地、让人一看便知地写清楚"真正的爱""真正的自觉"是怎样的。这在他们，也许是知道的。既然知道，若能做出更具体的权威指示，哪怕只说一句向右走或向左走，只说这么一句，也让人感激不尽。我们已经丢失了爱的表达方针，因此，若能强有力地命令我们要这样做、要那样做，而不是说那也不行、这也不行，我们都会照办。莫非谁都没有自信？

在这里发表意见的人，或许并非在任何时候、任何场合都持这样的意见。我们被指责为没有正确的希望和正确的野心，但我们若果真行动起来追逐正确的理想，这些人又是否能一直守护我们，引导我们前进呢？

我们隐约知道自己该去的最佳场所、想去的美好之地、应该努力到达的高度。我们都想过上好生活，那才是正确的希望和野心。我们渴盼着拥有足以倚仗的坚定不移的信念。

然而，所有这些若都要在姑娘家的生活中实现，那得需要多么大的努力呀！还有母亲、父亲、姐姐、哥哥们的想法。（我们不过是嘴上说些"真是老掉牙"之类的话，绝没有轻视人生的前辈、老人、已婚人士们。非但如此，我们应该是始终自认较他们逊色不止一筹的。）

还有与生活息息相关的亲戚、朋友。此外，还有无时无刻不以巨力裹挟我们向前的所谓"世间"。一旦想起、见到、思考所有这些事，哪里还顾得上发展自己的个性，叫人不由得心想罢了，罢了，和光同尘，默然踏上普通大众所走的道路，大概才是最聪明的做法。还会觉得，把针对少数人的教育面向大众普遍实施，实在是很残忍。

　　随着年岁渐长，我越发明白，学校的修身与世间的成规是大相径庭的。一个人若是绝对遵守学校的修身，就会吃亏，被视为怪人，不得出人头地，永远贫困窘迫。不撒谎的人，可能存在吗？若果真存在，那人定是永远的失败者。我的骨肉至亲当中，也有一个行为端正、信念坚定、追求理想、在真正意义上活着的人，可亲戚们都在说那人的坏话，视其为傻瓜。我自知会被当成傻瓜而败北，也想充分伸张自己的理念，但若为此必须反对母亲和大家，我就不敢坚持下去。太害怕了。

　　小时候，当自己的心情与别人的心情截然不同时，我也曾问过母亲为什么。当时，母亲随便应付了一句，然后便大动肝火，说我不好，像小混混，她似乎很伤心。我也问过父亲，父亲只是默默地笑了笑。据说后来他跟母亲讲："这孩子长歪了。"随着年岁渐长，我越发战战兢兢，就连做一件西装也会顾虑人们的看法。我其实是偷偷地爱着自己的个性的，也想一直爱下去，可我实在不敢把它清楚地表现为自己的东西。

　　我总是想当人们眼中的好姑娘。当许多人聚在一起时，我是多么卑屈呀。喋喋不休地撒谎，说些本不想说的话、与心情全不相干的话，因为我总觉得那样更能得利。我不喜欢这样，希望道德彻底改变的那一刻尽快到来。如此一来，这样的卑屈就会消失，也不用再为别人的看法而每天惴惴不安地生活。

哎呀，那里空出个座位。我连忙从行李架上取下文具和伞，迅速挤过去坐下。我右边坐着个中学生，左边是个背着小孩身穿棉罩衣的大婶。大婶一把年纪却化着浓妆，头发赶时髦烫成了鬈发，脸虽生得漂亮，喉咙处却堆聚着发黑的褶皱，丑陋不堪，恶心得我直想揍她。人，站着或坐着，所想的事情是完全不同的。坐着，想的尽是些不可靠、没精神的事。

在我对面的座位上，呆怔怔地坐着四五个年龄衣着相仿的工薪族，估计在三十岁上下，都很讨厌，目光混浊，毫无锐气。然而，我现在若是对其中一人轻轻一笑，只是笑一下，说不定就会不由自主地迅速陷入不得不和那人结婚的困境。女人决定自己的命运，凭一个微笑就足够了。可怕，简直不可思议，还是小心点吧！

今早净想些奇怪的事。从两三天前起，那个来我家打理庭院的园丁的脸就在我眼前频频闪现，叫人无可奈何。尽管怎么看他都是个园丁，但脸的感觉就是不对。夸张点说，脸长得像沉思者，只能看出黑色来。眼睛生得好，眉毛也紧凑，鼻子虽是蒜头鼻，与黝黑的肤色倒也颇为相称，显得意志坚定。唇形也不错，耳朵有点脏。

说到手，才是不折不扣的园丁的手，但那张被黑色深深蒙住出不得头的脸，放在园丁身上感觉很可惜。我三番五次询问母亲，那园丁是否从一开始就是园丁，结果挨了一顿骂。今天这块用来裹文具的包袱皮，恰好是在那个园丁第一次来的那天，我朝母亲要来的。那天我家大扫除，所以修厨房的、卖榻榻米的也来了，母亲也整理了衣柜，当时翻出这块包袱皮，我便要来了。这是一块漂亮的、有女人味的包袱皮。因为漂亮，所以舍不得打结。

我就这么坐着，包袱放在膝头，静静地反复打量、抚摩。我想让电车里的人都看看，可是谁也不看。只要有人能稍微看一眼这块可爱的包袱皮，我就可以决定嫁给他。

一碰上"本能"这个词，我就想哭。本能，是凭我们的意志无法动摇的伟力。我每每通过自己日常生活中的种种事由明白这一点，就几近疯狂，茫然不知如何是好。一个不分臧否只是很大很大的东西突然劈头盖脸压了下来，然后我就身不由己地被它随意摆布。一半是甘愿被摆布的满足心情，一半是悲伤地望着前者的别的感情。

为何我们不能自我满足、一生只爱自己呢？看着本能吞噬我一直以来的感情和理性，情何以堪。曾很短暂地忘却自己，过后只剩失望。知道那个自己、这个自己显然都具有本能后，我快要哭了。我想呼唤："母亲！父亲！"然而，真理这东西，也许意外地存在于自己讨厌的地方，所以越发难以承受了。

已到达御茶之水站。下了车一踏上站台，只觉一切都无所谓了。我连忙努力回忆刚刚过去的事，却一点也想不起来。我急了，又欲考虑接下来的事，谁知竟无半点想法，脑中空空如也。当时的情形，就好像有些时候，自己分明被什么东西触动了，或是经历了痛苦羞耻的事，然而事情一旦过去，就再无痕迹可循。"现在"这个瞬间，很有趣。"现在、现在、现在"这么掰着指头数的时候，"现在"已经飞去远方，有新的"现在"到来。嗒嗒地登上天桥的台阶，心想这是怎么回事。太蠢了。我可能有点过于幸福了。

今早的小杉老师很漂亮，像我的包袱皮一样漂亮。美丽的青色适合这位老师，她胸前的大红康乃馨也很惹眼。若是没了"做作"，我会更喜欢这位老师。她太过故作姿态了，总觉得有点勉强，那样会很累吧！性格上也有难以理解之处，许多地方莫名其妙。能看得出，她虽性子阴沉，却很想强作开朗。但不管怎么说，她都是个迷人的女人，在学校当老师感觉很可惜。

虽然她的课不像之前那么受欢迎了，但是我，我一个人，仍和以前一样为她着迷。她给人一种感觉，就像住在山中湖畔古堡里的千金小姐。讨厌，我竟然夸她了！小杉老师讲话为何总是如此刻板，莫非她脑子不好？我会伤心的。打刚才起，她就一直在讲爱国心，可是那种事，我们都一清二楚不是吗？无论是谁，都会爱着自

己的出生之地。无聊！胳膊架在课桌上以手托腮，怔怔地眺望窗外。或许是因为风大，云很美。庭院一隅，开着四朵玫瑰花——黄色的一朵，白色的两朵，粉色的一朵。我出神地望着花，心想人类也有真正的优点。发现花之美的，便是人类，爱花的也是人类。

吃午饭时，大家讲起鬼故事。安兵卫姐姐讲的一高七大怪事之一——"打不开的门"，已然吓得大家尖叫不已。那故事并非故弄玄虚，而是侧重心理层面，所以十分有趣。由于闹得太疯，尽管刚吃过饭，已经又饿了，马上从面包夫人那里得到了奶糖的款待。然后，大家一时间又沉迷在恐怖故事当中。无

论是谁，似乎都对鬼故事很感兴趣，这大概是一种刺激吧！然后，有人讲了"久原房之助"的故事，那并非灵异故事，非常非常好笑。

下午的美术课上，大家都到校园练习写生。伊藤老师为何总是毫无意义地为难我呢？今天老师也吩咐我当模特儿让他画。我今早带来的旧雨伞在班里大受欢迎，大家纷纷起哄，终于也让伊藤老师知道了，他便叫我拿着雨伞，站在校园一隅的玫瑰旁。

据说老师要画下我的这个样子，下次在展览会上展出。我承诺只当三十分钟模特儿。能帮到别人一点忙，很高兴。可是，一旦和伊藤老师面对面单独相处，就非常累。他讲话絮絮叨叨，大道理又太多，可能是因为太在意我了，一边画一边说的也尽是我的事。我懒得回应，很烦。这是个暧昧的人。

他时而怪笑，明明是老师却会害羞，反正很不爽利，令人作呕。说什么"我会想起死去的妹妹"，真受不了。人倒是个好人，就是太故作姿态。

说到故作姿态，我其实也会很多，不比他差。而且，我还会投机取巧。因为真的很招人厌，所以往往难以收场。说什么"我摆了太多的姿态，是任姿态摆布的谎言怪物"，这又是一种姿态，叫人无可奈何。就这样，我虽然老老实实地给老师当模特儿，但仍深切地祈祷着"我想变得自然，我想变得率直"。别看什么书了。那些生活中只有观念的、毫无意义地自高自大的不懂装懂之人，鄙视，鄙视。时而慨叹生活没有目标，时而后悔不曾更积极地面对生活和人生，时而声称自身颇有矛盾之处，似是处在频繁的思考、苦恼当中，但实际上，你那只是感伤罢了。只是在疼爱自己，安慰自己，然后还格外高估了自己。

唉，让心地如此肮脏的我当模特儿，老师的画定然落选。因为不可能是美的。虽然不该这样说，但伊藤老师怎么看都是个傻瓜。老师甚至不知道我的内衣上有玫瑰花刺绣。

我默默地保持着同一个姿势站在那里，莫名迫切地想拥有钱。要是有十元就好了。最想读《居里夫人》。然后，突然希望母亲长命百岁。给老师当模特儿，很辛苦，我精疲力竭。

放学后，我和寺院的姑娘琴子，偷偷跑去"好莱坞"剪头发。剪完一看，并没有按我要求的去剪，所以很失望。无论怎么看，我一点都不可爱，简直惨不忍睹。我沮丧极了，甚至觉得来这种地方偷偷剪头发的自己，活像一只异常肮脏的母鸡，十分后悔。我觉得，我们来到这种地方，是对自己的轻贱，可寺院的姑娘倒是兴奋得很。

"不如就这样去相亲吧！"她说着胡闹的话，不知不觉间，似乎连她自己都生出已决定真去相亲的错觉，又是"这样的头发，该插什么颜色的花"，又是"穿和服时，该系什么样的腰带"，竟认真起来了。

真是个什么都不多想的可爱的人。"你要和谁相亲？"我也笑着问道。

"都说鱼找鱼虾找虾嘛。"她满不在乎地答道。我有些惊讶，问她此话何解，她说寺院的姑娘最好便是嫁入寺院，一辈子不愁吃喝。这又让我吃了一惊。琴子好像全无个性，因此女人味十足。她在学校和我只是邻桌，我跟她没那么亲近，可她告诉大家，说我是她最好的朋友。真是个可爱的姑娘。她隔天给我写一封信，有意无意对我关照有加，对此我很感激，但今天她闹腾得实在太夸张了，就算是我也不免烦了。跟琴子道别，我乘上巴士。总觉得，总觉得有点忧郁。

在巴士里，看到一个讨厌的女人。那人穿着衣领肮脏的和服，用一把梳子盘起蓬乱的红发，手脚都脏兮兮的，一张闷闷不乐的红黑脸膛，难辨雌雄。而且——啊，恶心——那女人腆着个大肚子，不时独自暗暗冷笑。母鸡。偷偷跑去"好莱坞"那种地方做头发的我，和这个女人别无二致。

又想起今早电车邻座的浓妆大婶。啊，好脏，好脏。女人真讨厌。毕竟我自己也是女人，深知女体的不洁，厌恶得咬牙切齿。就像摆弄金鱼后的那股难闻的腥味渗入全身，怎么洗也洗不掉，一想到自己将来或许也会像这样每天散发出雌性的体臭——而且有时确实已如我所料——我就干脆想以当下的少女之身去死。突然想生病。此身若罹患重病，汗如雨下，瘦骨嶙峋，或许便可彻底变得清净。是否只要活着，就逃无可逃？我似乎也开始理解宗教的意义了。

下了巴士，稍微松了口气。交通工具实在坐不得。空气闷热，让人受不了。大地很好，踏着土壤步行，就会喜欢上自己。看来我这人是个冒失鬼，有点游手好闲。

"回家吧回家吧，看着什么把家回，看着地里的洋葱把家回，青蛙叫后快回家。"我小声唱了几句，顿时觉得这孩子怎么如此不知愁呢，不禁恨自己恨得咬牙切齿，憎恶这个光长个子、那里已然毛发蓬密的家伙。我想当个好姑娘。

这条回家的田间小道，我每天都走，早就习以为常，所以反而不清楚这个乡村有多么宁静，毕竟所见只有树木、道路、田地。今天，我就模仿一下初至此地的人吧。我呢，是神田一带某木屐店的千金小姐，生来首次踏足郊外的土地。那么，这个乡村看来究竟如何呢？好主意。可怜的主意。我神色一怔，故意夸张地东张西望。

走在林荫小道时，仰望新绿的枝条，小声叫了一嗓子。过土桥时，朝小河里看了片刻，望着水镜中映出的自己的脸，学狗汪汪叫了两声。眺望远处的田地时，我眯缝着眼，佯装陶醉，轻声呢喃"真好哇"，叹了口气。

在神社又歇了一会儿。这里的树林很暗，我慌忙站起身，口中嘀咕着："啊，好怕好怕！"缩起肩膀，匆匆穿出树林，对外界的明亮，故作惊讶，力求使自己相信有了种种新发现，凝神走在乡间小道上。走着走着，没来由地感到孤寂难耐，终于在路边的草地上一屁股坐了下来。一坐在草上，方才的兴奋便一下子消失了，立刻变得认真起来。然后，静静地、慢慢地反思近日的自己。为何自己最近变糟了呢？为何会如此不安呢？总在怕着什么。前几天还被人说："你变得越来越俗气了。"

或许是的。我的确变糟了，变得愚蠢可笑。糟糕，糟糕。软弱，软弱。差点"哇"的一声突然大哭，甚至"喊"地叫了一声，以掩饰自己的软弱，但都没用。再想想办法吧。我可能恋爱了。我仰面躺倒在青草地上。

"父亲。"试着唤了一声。父亲，父亲。晚霞映衬下的天空很

美，暮霭呈粉红色，是夕照在其中融化、洇开，才使之变成了如此柔和的粉红色吧。那粉红的暮霭飘摇流动，时而钻进树丛，时而走在路上，时而抚过草地，然后，轻柔地裹住我的身体。粉红的光，幽静地照过来，轻柔地抚摩我浑身上下，直至每一根发丝。相较之下，这片天空更美，让我生来头一次想俯首称臣。我现在信神了。这片天空，究竟是什么颜色的？玫瑰？火灾？彩虹？天使之翼？大伽蓝？不，都不是。是远比这些更神圣的。

"我想爱大家。"这样想着，几乎落泪。一直盯着天空，天空会渐渐变化，变得泛蓝。我只会长吁短叹，想脱光衣服赤身裸体。还有，树叶和草也从未这般通透美丽过。我轻轻地摸了摸草。

我想活得美丽。

回家一看，有客人在。母亲也回来了，照例响起了热闹的笑声。母亲跟我独处时，不管脸上怎么笑，都不出声，但和客人交谈时，脸上却丝毫笑意也无，独独笑声高亢。我打过招呼，立刻绕到屋后，在井边洗手，又脱袜洗脚。这时鱼铺的人来了，他说："劳您久等，多谢惠顾。"说完便将一条大鱼放在了井边。我不知那是什么鱼，但见鳞片细小，感觉应是北海道所产。我把鱼移到盘中，再一洗手，便闻到了北海道夏天的气味，不禁想起前年暑假曾去北海道的姐姐家玩。

　　姐姐家在苫小牧，或许是靠近海岸的缘故，始终有股鱼腥味。姐姐在家中空旷的大厨房里，傍晚独自一人，用那双白皙柔荑灵巧地烹制鱼时的样子，也历历在目。我那时不知为何，总想跟姐姐撒娇，心里急得不行，但姐姐当时已生下小年，一想到姐姐不再是我的了，就仿佛被一股冷飕飕的贼风打透，怎么也抱不紧姐姐纤细的肩膀，寂寞得要死。还不由得想起那一日，我伫立在昏暗的厨房角落里，凝视着姐姐白皙、柔软、跳动着的指尖，几乎不省人事。往事都很令人怀念。骨肉血亲，真是不可思议。换成外人，一旦远离就会渐至淡忘，骨肉血亲则不然，离得越远越会勾起回忆，情不自禁想起的尽是昔日令人怀念的美好。

井边的茱萸果，染了层淡淡的红色。再过两周，或许就能吃了。去年很好笑。傍晚我正独自摘茱萸果吃，佳比默默地看着，我见它可怜，就给了它一个。然后，佳比就吃了。我又给了它两个，它又吃了。我觉得太有趣了，就摇晃茱萸树，啪嗒啪嗒地掉下许多茱萸果，佳比便埋头吃了起来。笨蛋。吃茱萸的狗，还是头一回见。我也踮起脚摘茱萸果吃，佳比也在底下吃，太好笑了。想起那件事，就想念佳比了。"佳比！"我喊了一声。

佳比从玄关那边装模作样地跑了过

来。我突然想宠爱佳比想得咬牙切齿，便用力抓住它的尾巴，佳比却在我手上轻轻地咬了一口。我委屈得快哭了，打了它的头。佳比倒是不介意，在井边啪叽啪叽地喝起了水。

走进房间，电灯正散发着朦胧的光。寂然无声。果然，父亲一不在，家中仿佛顿时出现了一个巨大的空缺，叫人心烦意乱。我换上和服，吻了吻扔在一旁的内衣上的玫瑰，刚在梳妆台前坐下，就从客厅传来母亲等人的哄笑声，我没来由地火冒三丈。母亲跟我独处时还好，一旦有客人来，却偏要疏远我，对我冷冰冰的，每当那种时候，我就特别想念父亲，很伤心。

一照镜子，我的脸竟是那么生气勃勃，吓了一跳。脸成了陌生人，与我自身的悲苦心情全无干系，独立而自由地活着。今天分明没抹胭脂，脸蛋却这么红，嘴唇也隐隐泛着红光，很可爱。我摘下眼镜，微微一笑。眼睛很好看，湛蓝又澄澈。难道是盯着美丽的黄昏天空看了良久，眼睛才变得这么好看了？太棒了！

怀着有点雀跃的心情去厨房淘米，淘着淘着，又感到一阵伤心。我怀念以前小金井的家，怀念得简直胸闷欲呕。那个家多好，有父亲，还有姐姐，母亲也还年轻。我每次放学回来，就见母亲和姐姐在厨房或客厅聊着什么有趣的事。我跟她俩要点心，撒会儿娇，向姐姐挑衅，必定挨骂，然后冲出家门骑自行车去很远很远的地方，傍晚回来开心地吃饭。真的很快乐。我不用盯着自己不放，也不会因不洁而不知所措，只撒娇就好。

我享受了多么大的特权啊，竟还满不在乎。没有担心，没有寂寞，也没有痛苦。父亲是个伟大的好父亲，姐姐很温柔，我总是黏着姐姐。

然而，随着渐渐长大，我自己就先变得讨人厌了，不知不觉间失去了特权，变得赤条精光，丑陋，丑陋。我一点也不能跟人撒

娇了，只顾着沉思，唯独痛苦越来越多。姐姐出嫁了，父亲也不在了，只剩母亲和我。想必母亲也是每时每刻都很寂寞的吧。

前一阵母亲也说："从今往后，活着的乐趣已经没了。即使看到你，我其实也不怎么快乐。原谅妈妈吧。爸爸不在，幸福也别来才好。"

据说，蚊子一飞出来，母亲就会突然想起父亲，拆衣服缝线会想起父亲，剪指甲时也会想起父亲，茶水好喝时，也一定会想起父亲。不管我多么关怀母亲，陪她聊天，也还是和父亲不一样。夫妻之爱，是这世上最强烈的感情，一定比骨肉血亲之爱更珍贵。想着这些不自量力的事，不禁脸红，我用湿漉漉的手拢了拢头发。唰唰地淘着米，我打心底觉得母亲很可爱，令人同情，想爱护她。

这一头波浪卷儿，还是赶快恢复原样吧，然后把头发留得更长些。母亲一向不喜欢我留短发，所以我要把头发留得长长的，利利索索地扎起来给她看，她一定会很开心吧。但是，我也不愿为了照顾母亲而做到那种地步。受不了。

仔细想来，最近我的急躁情绪，和母亲干系甚大。我既想当个能让母亲称心满意的好女儿，却又不愿为此曲意逢迎。最好是我不说话母亲也能理解我并安心。我再如何任性，也绝不会做任何蠢事，让自己成为世间的笑柄。再如何辛苦，如何寂寞，我都会守住重要的底线，永远永远爱着母亲和这个家，所以只要母亲也能绝对相信我，无牵无挂、无忧无虑地生活，那样就好。我一定好好干，拼命工作。

我认为，这在现下的我，既是最大的喜悦，也是生存之道，可母亲一点也不信任我，还把我当成小孩子。我一说孩子气的话，母亲就很高兴，前一阵也是，我故意胡闹，拿出尤克里里，当母亲的面嘣嘣弹得起劲，母亲似乎由衷地高兴，装糊涂打趣我说："咦，是下雨了吗？我听到雨滴声了呢。"

她似乎以为我真的迷上了尤克里里，令我羞愧得想哭。母亲，我已经是大人了哟。世上的事，我已经什么都懂了。请放心，任何事都可以跟我商量。咱家的经济状况什么的，都可以和我说清楚，只要你说一句"家里就是这种状态，你也忍忍"，我绝不会缠着你买鞋。

我会当一个特别节俭的可靠的女儿，真的，我说到做到。尽管如此……我想起有"唉，尽管如此……"这样一首歌，不禁独自哧哧发笑。

回过神来，发现自己竟一直把双手插在锅里，像个傻瓜似的胡思乱想。

糟糕，糟糕。得快点给客人上晚饭。刚才那条大鱼该怎么办呢？总之先切成三块，用豆面酱腌起来吧。那样吃起来，肯定很好吃。做菜，全靠直觉。还剩了些黄瓜，用三料调和醋腌一下。还有我最拿手的煎鸡蛋。然后，再来一道菜。

啊，对了，就做洛可可菜吧。这是我设计的菜式：在每个盘子里，分别摆上火腿、鸡蛋、欧芹、卷心菜、菠菜，将厨房里剩下的各样食材统统利用起来，使之搭配美观，摆放精致，既省事又实惠，虽然一点也不好吃，却能让餐桌上变得相当热闹华丽，如同一席格外奢侈的盛宴。鸡蛋的阴影里是青草似的欧芹，旁边是火腿红珊瑚礁小露一脸，卷心菜的黄叶铺在盘中，似牡丹花瓣，如鸟羽之扇，翠绿的菠菜更像牧场还是湖水？

这样的盘子在餐桌上摆出两三个，客人始料未及，自然会想到路易王朝。怎么说呢，虽然没有那么夸张，但我反正做不出什么美味佳肴，所以至少要做到样子漂亮，从而迷惑客人，蒙混过关。做菜，首重外观。只要样子好看，一般就能糊弄过去。但是，这道洛可可菜，需要相当高的绘画素养。

在色彩搭配上，若是没有倍于常人的敏感，就会失败。至少也得拥有我这样的细腻心思才行。前几天查词典，发现"洛可可"这个词被定义为"徒具华丽而内容空洞的装饰样式"，不由得笑了。

真是绝妙的解释。美，怎能有内容呢？纯粹的美，总是无意义、无道德的。这一点毋庸置疑。所以，我喜欢洛可可。

我每做一道菜都要尝尝咸淡，就这么做着、尝着，不知怎的被一团可怕的虚无笼罩住了。一贯如此。疲倦得要死，心情阴郁，陷入一切努力均达饱和的状态。够了，够了，一切都无所谓，怎样都无所谓。最后大吼一声，破罐子破摔了，管他什么味道还是外观，往盘子里一通乱扔，草草了事，便满脸不高兴地端给客人。

今天的客人，格外叫人郁闷。是大森的今井田夫妇和今年七岁的良夫。今井田先生已年近四十，却像美男子般肤色白皙，令人生厌。为何要吸敷岛牌香烟呢？带过滤嘴的烟，总觉得不干净。吸烟就要吸不带过滤嘴的。吸敷岛烟的人，连其人格都该被质疑。他一口接一口地对着天花板喷云吐雾，随声附和几句"啊，啊，原来如此"之类的话。听说他现下正在夜校当老师。

今井田夫人身材娇小，畏畏缩缩，而且庸俗。一点很无聊的事，她也笑得上气不接下气，弯着腰，脸都快贴到榻榻米上了。哪有那么好笑啊。她似是误以为，笑得趴在地上那么夸张是什么优雅的事呢。当今世上，这一阶级的人是最坏、最脏的吧？是叫小市民？是叫小官吏？那小孩也老成得离谱，丝毫不见天真活泼之处。尽管心里这样想，我还是克制住所有情绪，时而鞠躬，时而微笑，时而插话，时而摸良夫的头夸他可爱，简直是在撒谎欺骗大家，所以即使是今井田夫妇，或许也要比我清纯得多。

大家吃了我的洛可可菜，夸我手艺高超，我又是凄楚又是气愤，很想哭，但仍努力做出高兴的表情，没多久我也跟着一起吃饭了，可今井田夫人喋喋不休的无知的恭维话，还是让我气不打一处来，遂做出决定："好吧，我不再说谎了。"

"这种菜，一点也不好吃。因为家里什么都没有，我才只好出此穷途之策。"

我的本意是坦承事实，今井田夫妇却拍手笑赞："'穷途之策'说得真好！"

我懊恼得直想扔掉碗筷放声大哭，强忍着挤出笑容，谁知连母亲竟也说："这孩子也逐渐能帮忙了。"

母亲分明清楚我的悲伤，却为迎合今井田先生而说出那么无聊的话，还呵呵地笑。母亲，没必要如此拼命取悦这什么今井田一家人啊。面对客人时，母亲就不再是母亲了，而只是个软弱的女人。因为父亲不在了，就非得如此卑屈吗？

太难为情了，我什么话也说不出来。请回去吧，请回去吧。我的父亲，是个了不起的人，善良而且人格高尚。若是因为父亲不在了就要如此戏弄我们，那请你们立刻回去吧。我很想对今井田这样说，可我终究还是太软弱了，只会给良夫切块火腿，为今井田夫人夹些咸菜，伺候客人吃饭。

吃完饭，我立刻躲进厨房开始收拾。我想早点一个人待着。我并非自命不凡，只是觉得无须再勉强自己迎合那些人，陪他们说笑。对那种人，绝对没必要讲礼貌，不不，是阿谀奉承。不要，我受够了，我已经尽力了。就连母亲，看着我今天忍气吞声强颜欢笑的态度，不也显得很高兴吗？做到那样就可以了吧。是该坚持应酬归应酬自己是自己，将两者严格区分开，以朝气蓬勃的愉悦心情待人接物呢，还是应该不顾别人恶语相向，永远践行自我之道，绝不韬光养晦呢？

该怎样做，我不知道。真羡慕那些好出身的人，可以一辈子只生活在和自己一样软弱、善良、温柔的人群当中。至于辛苦什么的，若是不用辛苦也能过完一生，就没必要刻意自找苦吃。那样才好。

克己事人自是好事不假，但若今后每天都必须对今井田夫妇那样的人强颜欢笑、随声附和，我怕是会疯掉。突然冒出一个可笑的想法——我这人怎么也坐不得大牢。别说坐牢了，连女佣也做不成。夫人也当不了。不，夫人不一样。只要已下定决心为这人奉献一生，则无论多么痛苦，哪怕拼命劳作被晒得黝黑，因为活得有充分的意义，因为有希望，所以即使是我也能胜任。这是理所当然的事。我会像小家鼠一样从早到晚忙得团团转，我会不停地洗衣服。没有比堆积了许多脏东西更不愉快的了，每逢那时，我就会变得焦躁不安，仿若歇斯底里，就算死了也不能瞑目。当我把脏东西一件不落全部洗净，挂在晾衣竿上的时候，就觉得随时死去亦无憾。

今井田先生要回去了。说是有什么事，要带母亲一道走。母亲也真是的，满口答应着就跟去了，而且今井田总是利用母亲，不止一次了，这对夫妇的厚颜无耻让我厌恶得受不了，真想揍他们一顿。我把大家送到门口，独自怔怔地望着暮色中的路，很想痛哭一场。

邮箱里有晚报和两封信。一封是松坂屋寄给母亲的夏季流行商品指南，另一封是堂兄顺二寄给我的。这是一个简单的通知，说他这次调去了前桥的联队，顺便要我代他向母亲问好。身为军官，虽然无望过上多么精彩美好、内容丰富的生活，但是，我很羡慕他们每天都要高效起居的严苛纪律。我想，正因为身体总能保持生龙活虎的状态，所以心情上自然是轻松的。像我这样，什么也不想做就干脆可以什么都不做，处在可以做任何坏事的状态，而且，想学习就有几乎无限的学习时间，即使有什么奢求也大有希望实现，要是有人能为我划定一个从这里到那里的界限，那我该多么省心啊。

将我紧紧地捆住，我反而感激不尽。

某本书上写过，战场上的士兵们的欲望只有一个，就是好好睡一觉。我一边觉得士兵太辛苦太可怜，但同时，我也非常羡慕。彻底摆脱那可恶、烦琐、来回兜圈子、毫无根据的思虑洪水，只渴望睡一觉的状态，是多么清洁、单纯啊！光是想想就觉得爽快。像我这种人，要是过一回军队生活，狠狠地锻炼一番，说不定多少能变成一个清爽美丽的姑娘。也有像小新那样即使不过军队生活也很率直的人，可为何我偏就是这样一个坏女人、坏孩子呢？

小新是顺二的弟弟，跟我同岁，为何他就是那么好的孩子呢？亲戚当中，不，是在这世上，我最喜欢小新。小新眼睛看不见。年纪轻轻竟至失明，实在叫人无语。如此安静的夜晚，一个人待在房间里，是怎样的心情呢？换作我们，纵然寂寞，也能读读书，看看风景，多少能将寂寞排遣几分，然而小新不行。他只能沉默着。以前比别人加倍努力学习，网球和游泳都很擅长，现在该是怎样的寂寞痛苦哇。我昨晚也想起小新，便钻进被窝闭眼躺了五分钟。就连闭眼躺在被窝里，短短五分钟都显得那般漫长，感觉憋得慌，而小新，无论清晨白天黑夜，无论多少天多少个月，都什么也看不见。他要是发牢骚、发脾气、耍性子，我还高兴些，可小新什么也不说。我从未听小新发过牢骚或是说别人坏话，而且他总是用着开朗活泼的措辞，露出天真烂漫的表情。那越发刺痛了我的心。

　　一边胡思乱想一边打扫房间，然后烧洗澡水。一边守着等水烧开，一边坐在橘子箱上，借微微摇曳的炭火的光亮把学校的作业全部做完。可是洗澡水还没烧开，我便重读了一遍《濹东绮谭》[1]。书中所写的事实，绝非令人厌恶的肮脏之事，但随处可见作者的装腔作势，总还是不免让人感到陈腐离谱。怪只怪作者是老年人吗？可是，外国作家无论岁数多大，都更大胆、更甜美地爱着其笔锋所指的对象。如此一来，反而不会令人生厌。不过，这一篇在日本还得归类于好作品吧！相对来说所言不虚，从深处能感受到平静的断念，很清爽。在这个作者的作品中，这是最圆熟的一篇，我喜欢。我觉得这个作者似乎是一个责任感很强的人，对日本的道德非常非常讲究，因而反生叛逆之心，多有浮华艳俗之作。此种伪恶趣味，

---

1 日本作家永井荷风的半自传体小说。——译者注

为用情至深者所常有。故意戴上浓艳的鬼面，反而削弱了作品的力量，但这篇《濹东绮谭》，却有着不可动摇的强韧，而这强韧又处处透出寂寞，我很喜欢。

洗澡水烧好了。我开灯，脱下和服，把窗户敞开到最大，然后静静地泡在热水里。珊瑚树的绿叶从窗外偷窥，片片叶子在灯光的照耀下熠熠生辉。星星在天上一闪一闪。无论看多少回，都是一闪一闪的。我就那么仰躺着怔怔出神，故意不去看自己身上那块微白之地，尽管如此，还是隐约感觉到了，它实实在在地闯入了视野一角。我沉默，觉得那里的白和儿时的不一样了。无法忍受。肉体竟不顾我的情绪自行成长，这让我非常困惑。我眼睁着长成了大人，却拿这样的自己无计可施，真是悲哀。难道我只能顺其自然，一动

不动地看着自己长成大人？我想永葆人偶一样的身体。我哗啦哗啦地搅水，装一装孩童，心头的沉重却未减半分。我觉得今后似乎没了活下去的理由，很痛苦。

"姐姐！"庭院对面的空地上，响起别人家孩子半带哭腔的喊声，令我猛然吃了一惊。虽然那孩子不是在唤我，但我很羡慕那个被他哭着追随的"姐姐"。我要是有一个那么爱我黏我的弟弟，也不至于一天天活得如此难堪且迷惘，生活有了奔头，就能下定决心活下去，将一生奉献给弟弟。无论多么痛苦，我真的都能忍受。我一个人想得起劲，然后，越发觉得自己很可怜。

洗完澡，仍放不下今夜的星星，便来到庭院里。星辰如坠。啊，夏天快到了。四下蛙鸣声声，麦子沙沙作响。无论多少回仰望天穹，漫空星光依旧璀璨。去年——不，不是去年，已是前年了，我非要出门散步，父亲虽有病在身，仍陪我去了。始终年轻的父亲啊，那个拄着拐杖、不停呸呸吐痰、眨着眼陪我散步的好父亲，教我唱了一支大意为"你活到一百岁，我活到九十九"的德语小歌，还讲了星星的故事，并为我即兴作诗。我默然仰望星空，对父亲的回忆来得是那般清晰。一年、两年过去了，我渐渐变成了一个坏姑娘，有了许许多多不为人知的秘密。

回到房间，坐在书桌前托着腮，凝视桌上的百合花。香气扑鼻。闻着百合香，纵然百无聊赖地这般独处，也绝不会生出肮脏的念头。这枝百合是我昨天傍晚散步到车站，回家路上从花店买来的，然后，我的房间就清爽得好似变成了完全不同的另一个房间，只要轻轻拉开隔扇，就能立时感受到百合的香气，实在帮了我天大的忙。一直这样盯着看，真的能在意识和肉体上同时感受到超越所罗门的荣华，对此我绝对认同。

蓦然想起去年夏天的山形。去山里时，我惊讶地发现山崖半腰盛开着数不清的百合花，顿时心荡神驰。可我知道，那陡峭的悬崖是我无论如何也爬不上去的，再怎么着迷也只能无奈地看着。当时，附近恰巧有个陌生的矿工，他一言不发迅速爬上悬崖，眨眼之间就为我折下那么多百合花，双手都抱不过来，然后面无表情地统统塞给了我。那才真叫一个"多"呀，简直难以想象。

无论是在多么豪华的舞台上，还是婚宴上，恐怕都没人收到过这么多花吧。那是我第一次尝到花香醉人的滋味。我张开双臂好不容易才抱住那一大捧雪白的花束，完全看不见前面了。那位亲切的、真的让我很感动的年轻认真的矿工，现在怎样了呢？虽说他只是去危险的地方为我摘来了花，仅此而已，但每次看到百合，我就一定会想起矿工。

打开书桌抽屉，乱翻一气，发现了去年夏天的纸扇。白纸上画着一个坐姿不端的元禄时代的女人，旁边添了两枝翠绿的酢浆草。从这扇子里，去年夏天的光景一下子像烟一样冒了出来——山形的生活、火车里、浴衣、西瓜、河、蝉、风铃。突然想带上它去坐火车。打开扇子的感觉真好，扇骨纷纷散开，突然变得轻飘飘的。正把扇子拿在手里转圈摆弄，母亲回来了。她心情很好。

"啊，太累了，太累了。"话虽如此，母亲的表情却并没有那

么不悦。毕竟她就是喜欢为别人办事，没办法。

"怎么说呢，事情太麻烦。"母亲边说边换下衣服走进浴室。洗完澡，母亲一边和我喝着茶，一边乐呵呵地怪笑，我还以为她要说什么呢——

"你之前不是一直说想看《裸足少女》吗？那么想去看的话你就去吧，但作为代价，今晚要给妈妈揉揉肩膀。干完活儿再去，不是更开心？"

我高兴得不得了。我一直想看《裸足少女》这部电影，可我最近太贪玩了，所以一直没敢提。母亲猜出了我的心思，就故意吩咐我干活儿，好让我能堂堂正正地去看电影。我真的很高兴，因为喜欢母亲，所以自然而然就笑了。

我和母亲两个人像这样一起过夜，感觉已经很久不曾有过了，因为母亲有太多的交际。便是母亲，想必也不愿被世人瞧不起而在努力吧。这样一揉肩膀，母亲的疲劳仿佛传到我身上来了，使我感同身受。我要守护母亲。方才今井田来的时候，我还对母亲暗自怀恨，真真叫人羞愧。"对不起。"我小声道。

　　我总是只顾自己，对母亲仍然打心底里依赖，却态度粗暴。母亲每经历那么一次，心里该有多痛苦哇，这都要怪我不听话。自从父亲走后，母亲真的变软弱了。我总是自称很痛苦，很难过，完全依赖母亲，而母亲一旦稍微依赖我一点，我就觉得讨厌，感觉像是看到了脏兮兮的东西，实在太任性了。

　　母亲也好，我也好，终归都是同样软弱的女人。从今往后，我要满足于母女二人的生活，时刻为母亲着想，跟她谈谈往事，聊聊父亲，我想让日子围绕母亲运转，哪怕只有一天也好。我想好好感受生活的意义。虽然在心里我又是担心母亲，又是想当好女儿，但在言行上，我始终是个任性的孩子。而且，最近的我，连孩子般的清洁之处业已不复存在，尽是些肮脏、羞耻的事。说什么痛苦、烦恼、寂寞、悲伤，那些究竟算什么呢？说白了，就是死。

我明明清楚得很，却连一个与之相似的名词或形容词也说不出来，不是吗？我只会慌张不安，到最后恼羞成怒，简直就跟什么似的。以前的女人遭到非议，被说成奴隶，或是无视自己的虫豸，或是木偶，然而，她们远比现在的我更有女人味（褒义上的），内心也更从容，具备了为隐忍顺从善后的爽快和睿智，理解纯粹的自我牺牲之美，还懂得不计回报的无私奉献的喜悦。

"啊，真是个好按摩师。你是个天才呢。"母亲照例打趣我。

"是吧？因为我很用心。不过，我的长处可不光是按摩，不然心里可没底，还有更好的优点呢。"

我想到什么就坦率地直说，那些话在我自己听来也十分爽快，这两三年来，我从未能像这样天真单纯地说个痛快。我高兴地想：或许，当认清自己并断念时，一个平静的崭新的自己才会诞生。

今晚也是为了以多种方式向母亲表达谢意，做完按摩，我又附赠一礼，给她读了一段《爱的教育》。母亲得知我在看这种书，果然露出了安心的表情，而前几天我看凯赛尔的《白日美人》时，她偷偷地从我手中把书

抢走，瞥了一眼封面，露出格外阴沉的表情，不过什么话也没说，立刻把书还给了我，但我也腻烦了，没心情再看下去。

母亲应该是没看过《白日美人》的，但她好像凭直觉就明白了。夜深人静时分，我独自高声朗读《爱的教育》，自己的声音听来又大又蠢，读着读着，就时不时地感到无聊，觉得没脸见母亲。周围太安静了，使得愚蠢格外凸显。《爱的教育》无论何时重读，都能体会到与儿时一般无二的感动，自己的心也仿佛变得率真、纯净，感觉依旧很好，但出声朗读与用眼睛看的感觉大不相同，令我惊愕不已。

不过，母亲听到恩里克和卡隆的地方，低头落泪了。我的母亲也像恩里克的母亲一样，是伟大而美丽的母亲。

母亲要先睡下。她今天一大早就出门，想必累坏了。我为她铺好被褥，啪啪地将被子边角拍实。母亲总是一躺进被窝就合上眼。然后，我在浴室洗衣服。最近有个怪癖，一到快十二点钟就开始洗衣服。我觉得白天洗衣服打发时间太可惜，但事实说不定恰恰相反。从窗户能看到月亮。我蹲下身，哗啦哗啦地洗着衣服，冲月亮轻轻一笑。

月亮不动声色。

突然，我相信，在这一瞬间，别处还有可怜又寂寞的姑娘，像我一样洗着衣服，冲月亮轻轻一笑，的确笑了一笑。那是遥远的乡下山顶上的一所房子，深夜里的此时此刻，有一个痛苦的姑娘，正在屋后默默地洗着衣服；而在巴黎后街肮脏的公寓走廊里，还有一个和我同龄的姑娘，独自悄悄地洗着衣服，冲月亮笑了一笑。对此我毫不怀疑，就像用望远镜当真看到了一样，连色彩也鲜明而清晰地浮现在脑海中。

我们大家的痛苦，真的谁也不知道。若是现在变成大人，我们的痛苦和寂寞就成了可笑的玩意儿，或许可以满不在乎地追忆，然而，彻底变成大人之前的这段漫长可恶的期间，又该如何生活呢？没人教我们。莫非这是麻疹一样的病，除了置之不理别无他法？

可是，因麻疹而失明甚至死亡者大有人在，怎能放任不管。我们每天都像这样，或郁郁不乐，或勃然大怒，有人渐渐误入歧途，迅速堕落，终至无可挽回之

身，将一生都糟蹋了，还有人因一时冲动而自杀。

悲剧一旦酿成，无论世人多么深感惋惜——"唉，要是再多活几天就明白了，要是再长大一点就自然会明白了。"——在我们本人也只有无边的痛苦，尽管如此，仍勉强挨了过来，可就算拼命要去倾听世间的声音，结果仍旧是重复一些无关痛痒的教训，只知道"好了，好了"地劝慰，我们永远都在承受可耻的食言。我们绝非刹那主义者，只是指向了太过遥远的山峰，我们知道，只要抵达那里就能看到很棒的景致，这一点毋庸置疑，绝非虚言。

可现在明明肚子痛得如此厉害，世人却对那腹痛视若无睹，只是一个劲儿地告诉我们："快快，再忍耐一下，到那座山的山顶就好了。"一定有人错了。是你不好。

洗完衣服，我打扫浴室，然后悄悄地打开房间的隔扇，便闻到了百合的香味。我松了一口气，连心底都变得透明，仿佛成了崇高的虚无。我静静地换上睡衣，本以为母亲睡得很安稳，她却闭着眼突然开口说话，吓了我一跳。母亲经常做这种事吓唬我。

　　"你之前说想要夏天的鞋子，我今天去涩谷就顺便看了一下，鞋子也变贵了呢。"

　　"没关系，不那么想要了。""可是，没鞋子穿，也不好办吧。""嗯。"

　　明天想必又是一成不变的日子。幸福一辈子都不会来了，我知道。不过，还是怀着"一定会来，明天就会来"的信念入眠比较好吧。我故意"咚"的一声重重地倒在被窝里。啊，真舒服。被窝尚是冷的，后背凉丝丝的恰到好处，使我不由得陶醉出神。

幸福会迟到一夜。

——恍惚中想起这句话。把幸福等啊等啊，终于忍无可忍冲出家门，第二天，幸福的好消息光临了被舍弃的家，然而为时已晚。幸福会迟到一夜。幸福……

庭院里响起小可走路的脚步声——吧嗒吧嗒吧嗒吧嗒。小可的脚步声有个特征：它的右前腿有点短，而且两条前腿呈 O 字形，是罗圈腿，所以连脚步声都带有寂寞的感觉。小可经常于这样的深夜，在庭院里转来转去，也不知道在干什么。小可真可怜。今早我捉弄了它，明天会好好宠爱它的。

我有个可悲的习惯，若不用双手完全捂住脸，就睡不着。我捂着脸，一动不动。

入睡时的心情，很奇怪。就像鲫鱼或鳗鱼使劲拉扯钓丝一样，有一股沉甸甸的铅坠般的力量，通过丝线把我的脑袋一直向下拽，我刚要睡着，那丝线就有点放松，于是我便猛然清醒过来，而那丝线又开始拽我的脑袋，刚要睡着，线又松了。如此重复三四次后，才狠狠地一拽到底，直至第二天早上。

晚安。我是没有王子的灰姑娘。您知道我在东京哪里吗？我再也不会跟您见面。